나의 외로움을

궁금해하지 않는
사람들에게

김고요 시집

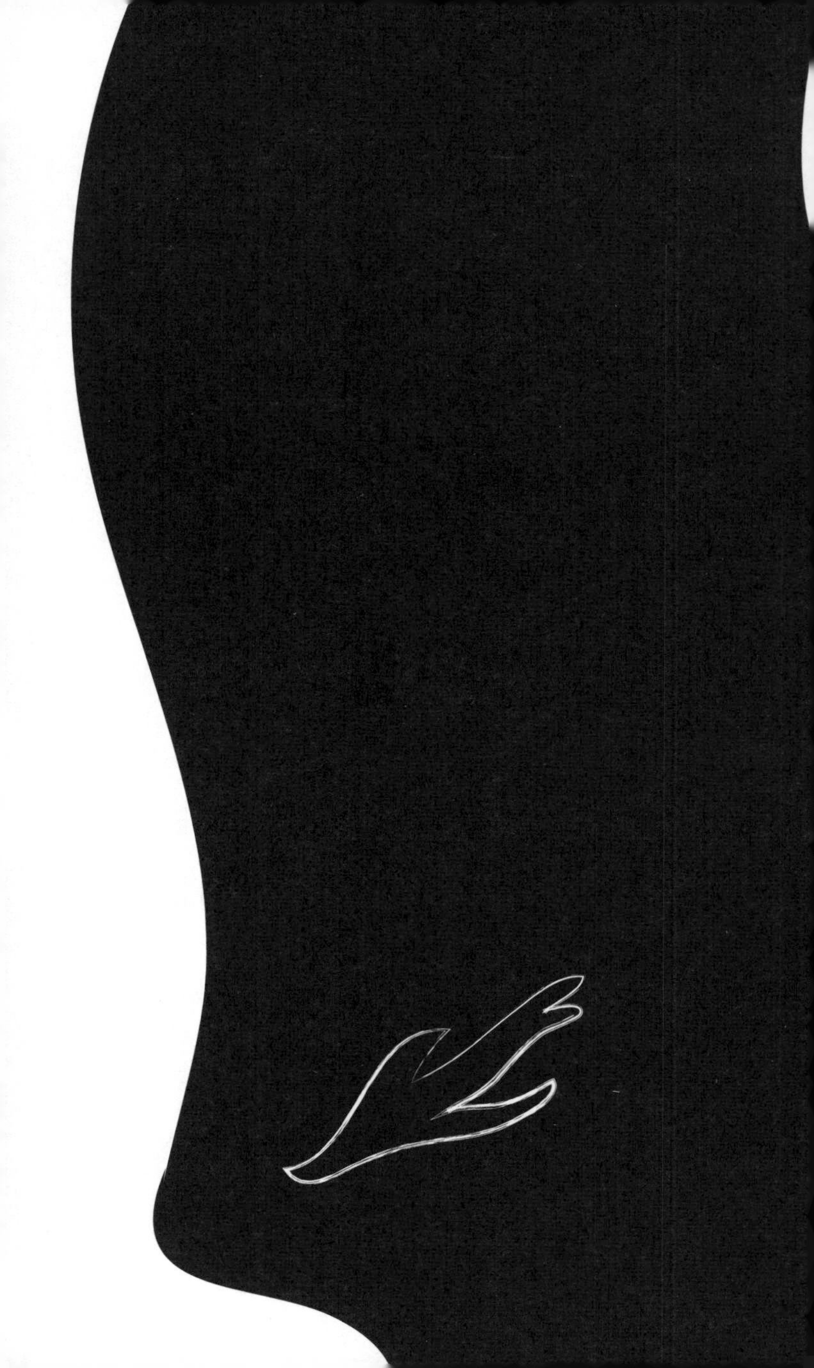

시가 뭔지 모른다
그저 어떤 말로도 마음을 설명할 수 없음을 안다

언어 앞에 무기력해질 때마다 썼다

나의 외로움을

궁금해하지 않는
사람들에게

1부 당신과

2부 나

1부 당신과

변명

나는 비가 와도 창문을 닫을 줄 몰라

그건 당신이 와도 마찬가지야

옷걸이

타인을 위한 완벽한 자세를 가진 적이 있다
나는 나를 과감히 구부려
너를 걸고 뿌듯해하며
거리를 활보한 적이 있었다

나는 그저 선에 불과했으나
너로 인해 쓸모가 분명해지는 그런 때가 있었다

굽어진 마디가 때때로 아린 건
아마 그 때문일 것이다

사랑의 속도

여름과 함께 핀 나비는 끝내
달리는 트럭에 치일 수는 없는지
맹렬해지고 싶은 속도를 품은 트럭의 속도 모르고
파란 하늘 위 할랑할랑 들뜬 나비야

나는 그런 것들이 못 견디게 가여워
머뭇거리는 바람처럼
새초롬한 초록나무 발치에 서서
볕 그림자를 날름 받아먹는 여름

네 첫 날갯짓에 하얗게 멍울진 구름이
멀리서 느리게

나도

웅크림은 처음의 모양을 기억하는 것
배운 적 없이 스스로 위로의 자세를 아는 사람

심장과 무릎의 거리
반비례하는 눈물의 양

궁금해하는 무엇이 될 수 있을까 나도

모두에게 물을 수 있는데
모두에게는 물을 수 없어서

지나가는 고양이에게
무심한 얼굴을 새겨 넣었어

안녕
안녕

우리가 있어야 가능한 말들 같은 것

생각하면 너무 슬프지

분주한 사물들

정물로 따라오는
허공을 입술로 쥐었다가 놓았더니
생기는 구름 같은 거

너는

공기의 미련은 이슬

미련의 모습은 언제나 같아
나는 환영의 표시로 눈물을 걸어놓고
당신이 내 창으로 걸어 들어오기를

먼지도 별을 만나면 이렇게 아름다운데

눈目 위에 서서

어김없이
당신은 오지를 않고

창을 닫으면 매달린 이슬방울

내가 알아차리기도 전에
사라지는 것

절벽에 다다라서야
부를 수 있게 되는 것들

을 우리는 모두 이슬이라고

부르기로 해

잠시라도 네 앞에서 나는 다물어지고

익숙하지 않은 모든 것들은
여기저기 손자국을 남기기만 하고 아무것도 잡을 수 없어서
손은 단 한 번도 다물어진 적이 없는 거겠지
짐승은 다른 이에게 치명을 남기고 끝내 새기거나 새겨질 수 있는데
오직 손발톱을 깎는 짐승은 우리만이 유일하다고
서로의 뺨을 함부로 만지기 위해서라는 건
이 얼마나 낭만적인 사실일까

누구도 어루만질 수 없을 때
앞니로 손톱을 물어뜯자
누구에게도 나를 버려둘 수 없을 때
초조함을 초단위로 세어가며 오직 턱을 괴고 앉아 손톱을 삼켜
언젠가 엄마가 그랬는데 손톱을 먹으면 사람이 된다더라
사람이 된다는 건 달을 닮아가는 거야

손톱에 열 개의 달이 뜬다
나는 반달 같은 눈으로
희어연 치아를 드러내고 달처럼 희미하게 웃으면

당신은 내 얼굴을 어루만져

달 같은 얼굴아 오늘도 차오르고 꺼져가길
파리함 속에서도 온기를 잃지 않는 달 같은 얼굴아
오늘도 안간힘을 쓰고 빛을 품고 있느라 수고했다고
바지런히 깎은 네 두 손으로
나를 정성껏 쓰다듬어줘

일몰

상처내기 쉬운 체질
뱉은 말을 모아 손톱의 각을 결정했다
그래서 다정하게 손톱을 깎아 준 사람

혼자서 감당할 수 없는 것들을 주고서
어째서 준 것이 없다고 하는지 모르겠어

나를 불렀던 숨들을 모아
증류를 만들어
가뭄이 생활인 사람들이 빗방울을 모으듯
그래 그렇게

그건 눈에서 태어난 덕분에
반짝인다고
말할 수 있었는데 반짝이는 걸 보고도
슬플 수 있다는 걸 깨달았다

떨어져 죽은 새가 더 가여운 것처럼

나를 불러 세운 호칭들이 뒤로 붙어
자꾸만 길어지는 머리카락

그런데 어째서
나를 만들지 않았다는 거니

한 방향을 향해 굽어지는 해가
그림자를 길러내는데

분명 그 해는 싱싱한 당신의 심장을 꺼내 만들었을 거야

타들어가는 심정으로
언제나 나를 향해 있으면서

어째서 손톱들을 집어 삼키며 자꾸만 찢어지니

머리카락

신발 끈처럼 머리카락이 자라났다
떠날 수 없으면서 영영 떠나는 그런 사람을 알고 있다
가르마를 타고 간다 아슬아슬한
머리 위에 정물이 위태롭게
정수리에서 정수리로 옮겨갈 때

나는 그 사람의 신발 끈을 풀어버리는
짓궂은 장난을 치고만 싶은 것이다
밟을 때마다 어김없이 눈앞에 걸려 넘어진다
일으키고 넘어트리고

자꾸만 반복되는 그림자처럼 쉽게 멀어졌다 되돌아오는 관성을
당신에게도 심고 싶은 것이다

머리카락처럼 재생되어
끊임없이 재생되고 또 재생되어 지겹도록 마침내
재생되어 기어이 앞을 뒤덮고야 마는 머리카락으로 끝끝내 재생되어
머리카락만큼이나 거추장스럽게 풀린 신발 끈을 바닥에 끌며

땅과 지속적으로 결별하며 재회하는 발바닥의 기분으로
사라지고 살아질 것을 다짐하는

그늘을 먹고 자란 당신이 이제 막 이끼가 되었을 때

나는 끊임없이 바깥이고 싶다

당신보다 한 뼘 앞서서
가려주는 손이고 싶다

축축해진 어깨를 허물어 주고 싶다

바람에 두 눈을 헹구어
꽃들의 시체나
구름의 한숨
해의 안부를

소리 없이 자라나는 당신의 박자에
몰래 실어 보낼 수 있다면

발화하는 순간
날아가는 입속의 새처럼
어쩌면 오랫동안 펴지지 않을

당신의 목처럼

당신의 혀를 어루만지거나
입맛을 대신 다시며

이 목에 금을 계속 긋다 보면
한철 피었다간 꽃을 닮아지는 날들도
오겠구나 하면서

기꺼이 당신보다 한 발 앞서
모가지를 드리우고 말겠다

언제나 당신으로 비롯된

목발 같은 표정으로 선 저녁
시큼한 냄새는 잘도 퍼져나가서
코를 틀어막아도
들어오는 햇볕은 당신 같다

그리움의 색과 미련의 색은 같지만
채도가 다를 것이다
나는 채도가 높을수록 선명하게
당신을 그릴 수 있다

하늘은 빗줄기와 바람으로 직조된 캔버스
우산을 세게 쥔 하얗게 무르익은 손
끝은 필사적이다

조금도 젖지 않고 사랑한다는 건
양치기 소년의 거짓말보다 외롭다

목동의 기분으로 붓을 든다

붓살에 뭉그러지는 새들의 발

집중해 본 적 없는

도착하는 곳이 없이 살아간다는 건

허공과 손을 잡는 일

벌컥 여는 미닫이 문 같은

벽의 기분을 이해하는 일은

시차

어젯밤 꿈속에서 너는 내게 시를 읽어주었다
A - B - C - D 과거는 지나간 미래
E - F - G - H 미래는 다가올 과거
나는 미리 정해놓은 미래를 징검다리처럼 건넌다

그러다 툭, 발이 빠지는 날엔 병렬식
나를 비웃는 A - B - C - D 또는 D - C - B - A

나는 네가 뻔해지길 바랬고
너는 내가 특별하길 바랐지

죽어가는 것들은
미래일까 과거일까

나는 적절한 시제를 찾지 못해 곁에서만 내내
겉돌았다

죽음이 주검으로 증명될 때

발이 빠지는 수만큼의 날들만 현실이라던
네 말을 이해해

깨어나서 없는 선물에 실망할 것이 아니라
꿈에서 받은 선물은 꿈에서 풀어봐야 했어

후회는 언제나 미래의 것

숨길 시간도 주지 않고
젖은 발로 내가 너를 먼저 찾아냈구나

달빛에 번져가는 발을
물끄러미 바라보는 네 눈에
빠진 발을 들어 올리면서

거울

손을 뻗으면 날아가는 나비
모든 일은 일어난다 반대로 그러나 그대로
떨어진 벚꽃들은 어디로 가나

어제는 분명 해가 서쪽에서 떴다
이상한 일이었지만 신기했으므로 믿을 수 있었다
-왼손잡이는 감성적이래
-아니, 나는 사실 외눈박이야

시소의 기분을 아는 사람처럼
일부러 절뚝이며
비스듬히
무서웠으므로 언제나 틈을 틈타
쉽게 충동할 것이다 부서질 것이다
충돌하고 싶은 충동

사고는 언제나 일어나거나 일어나지 않을 수 있어서
당황할 필요가 없다고 다짐한다

아무거나 머리통을 박고 산산이 부서지는 꿈을 꾼다

돈이나 생명이나 사랑이나
쓰지 않고 키우는 방법을 모른다

칫솔의 방향 따위에도 쉽게 마음이 아팠다
다만
무엇으로도 대체할 수 없는 거울이고 싶었다

오로지 너로만 대체될 뿐이다

당신이 맵다

나는 매운 건 잘 못 먹지만
잘 못 먹지만 먹지요
매운 건 당신이지만
서서히 충혈되는 눈은 언제나 내 쪽인 걸요
고통을 취향으로 인식할 만큼
어리석은 건 매혹적이라 쉽게 눈물을 흘렸어요

코끝은 빨개지고 태양은 뜨겁고
뜨겁게 사랑한 것이 이유가 없었듯이
매운 걸 좋아하는 것처럼
그저 취향일 테지요

당신은 언제까지 맵고 매워서
나는 침을 흘리고
혼미해지고
뜨겁고 매운 걸 먹으면 잠이 온다던
당신을 생각하면 입가에 미소가 지어져요
처음으로 라면을 맛보았던

꼬마의 표정을 떠올리며
나는 입술을 오므려 후 후 숨을 불어요

그러면 당신이 조금 덜 매운 것 같아서
그러면 당신이 조금 덜 미운 것 같아서

손은 안녕을 말하고

손가락들이 넘실대는 세계를 안다
사랑하는 사람들끼리는 깍지의 인사를 하고 처음 만나는 사람들과는 손바닥을

서로에게 보여주며 안심을 나누는 평화의 세계
다 같이 그 속에서 시를 읊고 손가락을 하나씩 접질리면서 탄성은

고통의 얼굴과 환희의 얼굴은 손가락에서 모두가 같아졌다

손을 둥글게 말아 창문을 방문을 문을 달을 노크하며 빛을 받은 먼지를
손가락으로 유희 하면서 곡선에 심취하자

당신과 나만의 세계에서 포개어져 춤추자
먼지처럼 부유하며 탁하게 빛나며 쾌쾌하게 사랑을 물으며
머리를 헝클이고 우리 언제고 타락으로 다락으로 바닥으로 숨어버리자

손끝의 서로의 시선을 묶어 영원히 허공을 그리자
구름처럼 가장 자연스럽게 내 곁으로 영영 다가오는 다정한 손아,

입술

달팽이처럼 가장 아늑한 자세로 웅크린
오직 포유류에게만 허락된 표식

우연만이 가장 순수한 의도를 가질 수 있다

가장 연약한 붉음을 금붕어에게 빌려온 대가로

종일 뻐끔이는 형벌을 받아
만나기 위해 매일 같이 이별한다

표정을 짓기 위해 태어난
켜켜이 쌓기 위해 지어진
타인을 위한 구조물

빈
채워질
가능성을 지닌
불가능한

-짓다

울음과 웃음이 뒤범벅된 표정을
지어보이는 얼굴로 매일 쉬지 못하는
네가 늘 여기 있어서

다정 더하기 우울은 위로

상처를 준만큼 상처를 받았다고 하자
그래야 죄책감이 조금은 덜어지니까
수치를 서로 나누어가졌다고 하자
그래야 조금 더 구체적이니까
비겁함을 밀고 밀어서 신념이나
신앙이 될 때까지 뻔뻔해지자
그래야 우리는 어리석을 수 있으니까
그래야 우리는 우리만을 안타까워할 수 있을 테니까

그래야 다시 우리가 사랑할 수 있을 테니까

잠기는 돌

물속으로 돌을 던져
파장을 보고 부피를 가늠했다

분주할 것 없는 아침엔 매일 앓느라 바빠

오늘은 쓸데없이 자를 샀다
얼마나 쓸데없는 마음이었는가 재어보려고

함부로 말하는 재단사야

허밍은 어느 절에 꺼내도 슬픈 단조
빈차라는 빨간 불빛을 보면 괜히 붙잡고 싶어진다
괜히라는 말은 또 얼마나 무력해

우리의 공간이 부피를 가지지 않는다면
사라지지 않고 멀어지기만 할 수 있을까
그럼 언제고 골똘해져
서로의 거리만큼 마름질을 다시 시작할 수 있지 않을까?

바닥에 그림자를 길게 혹은 짧게 기워내는
뿌리를 드러낸 나무 등허리로 흰 물고기를 품은
숙맥의 손등을 가진 재단사야

네가 그늘을 자르면
목울대에 호수가 일렁인다

고꾸라진 나무의 자세로 선 고요가
다정히 돌을 적신다

당신과 안경

얼굴에 꼭 맞는 당신의 두 눈을 감싸 쥐고
생의 프레임 속으로
우린 명작들을 만들어갈 거야
눈꺼풀은 지평선을 닮아
수도 없이 떠오르고 가라앉는 동안
찰나의 기억으로
은밀한 둘만의 전시회를 열어
서로를 바라보는 눈빛은 가장 완벽한 구도가 되고
같은 소실점으로 포개져 서로의 그림자로 도착할 때까지
당신의 눈 속을 따라 펼쳐진 길을 걸었어
지평선은 눈꺼풀을 닮아
그저 걷기만 하면 된다던 시간은 저물었지만
여전히 당신은 나의 절대적 시점
모든 것이 필연으로 모아지는
점들의 최후에서
기다릴게

당신의 배열

여러 가지 배열 중에서
당신은 반듯할수록 마음에 든다고 했어요
나는 반듯할수록 지루한데
그 선이 나에게 뻗은 시선인 줄 모르고

나는 발이 아무렇게나 빠지는, 사랑하는 사람을 위해
자신의 앞을 적셔가며 만들어 놓은 돌다리 같은
긴장감 있는 배열이 마음에 든다고 했지요
나는 그걸 낭만이라 믿었고
당신은 그저 외로움이라 했지요
달빛아래 돌을 옮겼을 손과 발의 시림까지
빨갛게 달아오른 수줍은 볼 같은 것 아니겠냐고 말하자
당신은 그저 외로움이라 했지요
나는 괜스레 실망하고
당신은 괜스레 슬펐지요
지나고 보니 우리는
강을 건너지 않고
강을 따라 손을 잡고 걸어가면

그 뿐이었는데 말이에요

달빛은 언제나 우리를 앞서 있었는데 말이에요

_ 에게

안녕 나의 애인아,
볼펜 위로 미끄러져 가는 사람
까맣게 뚝뚝 떨어지는 사람
개미같이 엉겨 붙은 눈으로
뚫어져라 바라보던 애인아
마침표를 찍을 수 없어
마침표만 계속 찍었더니
망설임이 되어버린 발자국 같은 말
줄임표를 나누어 가진 애인아
할 말이 너무 많은 것과 할 말이 없는 것이
도무지 같은 애인아
즐거운 마음으로 멸종되는 것은
이 세상에 정말 없을까

나는 나의 멸종을 네가 지켜봐줬으면
좋겠다고 세수를 하면
꾸준한 세수는 기도가 될 수 있을지 몰라*
매일 눈앞에서 흐려지거나 흘러넘치는 애인아

종이 위에 개미들이 당신의 이름으로

자꾸만 우그리고

* 성동혁 〈그 방에선 물이 자란다〉, 안지은 〈생일축하해〉

서로의 수치까지 사랑할 수 있다면

우리는꽃밭에함부로누워
구름의속도로멀어지면서
어지럽게꽃들을망치면
환상은환상이라아름다운것과
한때는한때이므로충분히
사랑스러웠다고서로에게
속삭이는꽃향기에취해서
기꺼이속고속였지

you my only

우리의 대화에는 꽃이 피었다

피어나는 대화는 역시나 어색하지 않고
고개를 들지 않고 위를 올려다보는 소심함이 좋았다

우리가 대화하는 동안 얼굴에는 미소가 피어나고

나는 미소라는 이름이 좋다가도 싫다

아무 곳에나 너그러운 이름은 누구에게도 특별할 수 없어서
여기저기 헤픈 마음을 거리 곳곳에 달아 놓고

다른 사람과의 대화에도 쉽게 끼어드는 이름은 아무래도
좋다가도 싫다

너는 내 전부라는 말과 내 전부는 너라는 말 중에
어떤 것이 더 외롭게 들릴지 고민하다
어떤 걸 선택하더라도 결국엔 두 명인 것 같아 슬펐다

대화는 언젠가 꽃처럼 고갤 숙이고

네 눈빛은 시들어 갈 것이다

당신의 옆

외로운 건
앞모습보다 옆모습이 어울린다
옆모습은 모두 본래 두 개인 것들이
하나로 갈라지는 것이니까

나와 내가 잘린 그림자라든가
우리가 잘린 나와 너라든가
어쩐지 이 말이 낭만적으로 들린다면
너는 아직
피로하지 않았구나
나는 또한 잘 알고 있다
피로는 대부분 외롭다는 걸

내가 내 어깨 밖에 기댈 수 없다는 건
겨우 내 어깨가 내 머리 밖에 책임질 수 없다는 건
혼자여서 외로운 게 아니라
혼자가 될 수 없어 외로운 거
돌아가는 길이 사라져버린다면

내 기꺼이 선구자가 될 의향도 있다고
어쩐지 이 말을 알 것도 같다면
당신과 나는 많이 지쳤구나

화분

생각만 해도 마음이 자꾸 터져서
어디서부터 어디까지 말을 해야 할까
언제부터 꽃들이 시들기 시작했는지
네게 어떻게 알려야할까
사실 시든 꽃을 내내 심고 걸었다고
어떻게 증명할 수 있을까
애초에 그런 것 따윈 관심 없었다고 말하면
나 어디에 물을 대고 누워야 하나
시든 꽃이라도 꽃이라고 어쨌든 꽃이라고 밖에
부를 수가 없는데
네가 아니라면 무어라 우겨야하나
하나씩 떨어질 때 마다
나는 어떻게 견디어야하나
눈물로 눈물로라도 채워야하나
왜 눈물은 아래로만 흘러
채울 수도 없,

못

우리는 아마 금방 못이 되고 말거야
서로에게 하나씩 박는 그 상투적인 못으로
모ㅅㅡㅂ 으로 분리되어서

너를 걸고 자랑스러워하던 내 모습은 이제
슬픔이 된다

우리는 이제 못을 모습이라 부르자
우리만 아는 언어로 아무것도 못쓰게 될 때
까지

나는 영원히
못으로써 영영 박혀
네 관자놀이를 짓누르고 싶구나,
했다

온순한 짐승

내 귀에는 맥박이 뛴다
너를 들으려 가만히 베개를 괴고 누우면
네가 아니라 내가 들린다

미치지 않은 날에 내가 너를 사랑할 수 있을까

나는 밤 새워 너를 읽으려 두리번거리지만
너는 내게 영원 같은 문장

귓가에 맥박은 너의 뒤통수가 반복되는
속도
횟수
장면

얼마나 온순한 짐승이기에
네가 목을 축일 작은 파장도 나에게는
허락되지 않는 것일까

아,

너는 네게 영원히

온순한 뒷모습으로

가까워지고 있구나

진심으로 네가

온전하게 죽어버렸으면 좋겠다고

백합

백합은 고요하다
피면서 닫히고
발화하는 순간 봉오리로 닫히는
당신의 입술
태어나지 않아 순결하다
세상은 모든 걸 알면서도 시치미를 떼고 있는
거울 같아 자주 약 오르고
질문으로 이루어진 겨울에 창문 같아 외롭다
잠에서 깬 아이처럼 울다가
지쳐 다시 잠드는 모습으로
백합은 백합으로 잠든다
당신에게 백합의 꽃말을 물으려다
백합을 모르는 당신이 다정하게 꽃말을 읊으면
귓가에 당신이 핀다
당신이 백합이라고 발음하면
무엇도 새어나갈 수 없다
창문의 안쪽에서
서로가 서로에게 속삭일 땐

우리는 거울처럼 웃었다

입김은 거울에도 창문에도 똑같이 피었다

말할 수 없는 것들을 무엇이라 부를까

날개를 손가락 사이에 끼우고
해맑은 웃음으로
엄지와 검지로
힘껏 머리통을 날려
무슨 일이 일어났는지 당최
알 길 없는 잠자리의 당황스러운 겹눈을 굴려

그토록 빠르게 지나가는 풍경을 목도했다
유유히 바람을 떠다닐 때는 미처 몰랐지
둘러싼 모든 것은 명암도 색도 아니고 그저 속도

내가 너를 보는 속도가 나머지 것들과 다름을 가질 때
사랑이 시작되었듯이
속도 속으로 묻힐 때 사랑은 끝이 난 거라네

통점 없는 하등의 육체가 남기고 간 것

내가 너를 자유롭게 해줄게

한 아이가 여치의 다리를 뚝뚝 뜯으며
이제 날개를 숨길 필요 없어

귀머거리* 여치는 당최 그걸 들을 수가 없어
알 길 없는 여치가 당황스러운 더듬이만 더듬더듬
말을 할 수 있었다면 그것조차 더듬거렸을 텐데

차라리 통점이 낫겠어
아프다는 말을 할 수 있으니까
자꾸 짓눌리는 압점에 대해선
뭐라고 해야 할까?

* 여치는 앞다리에 고막이 있다

눈의 진화

그거 알아? 우린 눈을 감고 태어났어.
더듬이로 방향을 찾는 곤충처럼 거울을 볼 때마다 이마의 수두자국이 가렵다고 했잖아
손으로 우리는 서로의 방향을 가리키면서 양 손으로 더듬다가 우연히 서로를 발견하면 서로에게 깊숙이 들어가기 위해 목구멍을 열었지

서로의 세계를 들어가는 문의 열쇠는 낭만적이게도 혀
그래 참 우스꽝스러웠을 거야 처음은 뭐든지 어색하니까
날름거리는 개구리처럼 공중의 떠다니는 모든 언어를 낚아채서 그중 가장 달콤한 것으로만 서로에게 떠넘겨주다가 향을 먹고 겁도 없이 무럭무럭 자란 네가 가장 향기로워지면 이젠 더듬을 필요가 없는 걸 네 향기만 그저 따라가면 되는 건데 그런 건데 그런데 향기를 먹은 너는 공중으로 떠오르고 있고

이젠 아무리 불러도 허공이라는 사실이 너무너무 답답해서 무서워서 어딘가 힘을 주려던 찰나에 그건 아주 우연이었어 완벽히 끝내 여름이 되려는 뭉쳐진 봄이 터지는 조팝나무의 기분으로 눈을, 눈

을 뜬 거야
언젠가 네가 말했지 조팝나무의 꽃말은 헛수고라고

그때부터 나는 눈에 보이는 세계 속에 끊임없이 갇혔어
아무 곳도 쳐다보지 않고 가리킬 수만 있다면 더듬이를 가진 것들을 사랑해
벌레를 주머니 속에 몰래 모아 많은 발들로 네게 찾아갈 길을 물어
눈이 없어서 살아갈 수 있는 생명들은 끈질기게 살아남으니까

당신은 그저 향기를 한 움큼 삼켜줘

잃어버린 당신을 찾느라 내 전부를 허비하며 사는 것이
세상을 탈출할 유일한 방법이니

바람은 물에 자신을 새겨 넣고 그것을 물결이라 우겼다

내가 당신을 결정한 적이 없었던 것처럼
빛이 색을 결정한 적은 없었다
그저 우린 모두가 색맹이라서
눈은 빛에 기대고 당신의 눈빛에 내가 기댔다

우리는 서로에게 이름을 붙여 기꺼이 타인이 되었다
그저 우린 모두가 색맹이라서
빛을 따라 겨우 실오라기 같은 테두리를 얻으려
고갤 쳐들고 허공을 향한 입들, 입들.

바깥을 흠모하는 넝쿨처럼 자꾸만 서로에게 뻗어

서로의 실루엣을 어루만지며 사랑에 빠졌듯이
늘 위험한 건 바깥에서 시작된다고
우리는 합창해
함부로 벌린 입으로
경계를 만들고
경계를 가지면

하늘과 바다와 당신과 내가 남는다
이후의 것들은 죄다 무의미

바람은 물에 자신을 새겨 넣고 그것을 물결이라 우겼다
나는 당신을 새겨 넣고 그것을 나라고 우겼다

떠오르는 해와 지는 해를 보며
성대가 없는 기린이 두 세계를 고요히 잇던

경계가 허술한
경계가 흐릿한
새벽에

푸딩

푸딩 같았어
녹지도 않고 부수어지거나 으깨지기만 하는데 너무 투명해서
결국 아무것도 없는 것 같았는데 잔향이 자꾸 맴도는 게
마음만 먹으면 사라지게 할 수도 있었는데
마음만 먹으면 영원하게 간직할 수도 있어서
결국 다 나한테 맡긴 게
괘씸하게 미운거야
얼굴 아래 수심이 있어서 자꾸만 맑게 흐르는 수면 같은
피부에 입을 대어보고 싶어
얼마나 깊은지 속으로 들어 가보고 싶은데
주저 없이 주저앉는 너의 모습

이젠 눈을 어디다 두어도 젖은 장면뿐인데
여전히 내 눈에서 찰랑거리는 끝까지 푸딩 같은 말간 네 얼굴

체온

나는 내가 충분히 버거워 이 밤을 이기지 못해

밤이 되었듯 우리가 우리를 이기지 못해 우리가 되었듯

오로지 타의에 의해 태어났지만 자의로 살아가야하는 비극적 생들이

흔하거나 하찮거나 나는

둘로 쪼개는 상상을 해 그리고 그 단면의 굴곡만이 내 것이지

모습이란 건 어떤 각도도 모두 가지고 있으니까 내 각도를 무너뜨릴 수 있도록

누구든 안아주길 기다려

체온은 혼자서는 가늠하기 힘드니까

나는 언제나 너무 뜨겁거나 차가웠는데 누군가 말해주기 전까지는 그게 어떤 감각일까

차가움과 뜨거움 사이의 단면을 손가락으로 대어 본다면 그리고 그걸 언어라고 부르는 순간

부터 촉감은 시작되었을까

내가 내 이름을 부르는 순간부터

내가 시작되었을까

나는 나를 버릴 수 있을까
나는 너를 버릴 수 있을까
너는 너를 버릴 수 있을까
너는 나를 버릴 수 있을까

다만
서로가 서로를 버릴 수 있을 뿐이라고
그때야 밤이 밤이 되었듯
우리가 우리로만 남을 수 있겠다고

달팽이는 달팽잇과

이마를 찧을 때마다 입술을 깨물어 신중히 걷다 오늘은 달팽이를 주웠어 크고 가장 아름다운 놈으로 나는 달팽이를 좋아한다고 자기 소개서에 썼는데 그것은 분명 사실이었으나 그날 주워 온 달팽이를 죽였어 죽이려고 그런 건 아니지만 엄마는 가만히 두었어야지 좋아한다면 하지만 좋아한다는 건 진실이야 나는 닭도 좋아하거든

튀긴 거나 삶은 거나 다 좋아한다고 함부로 떠든 건 내가 아니라 너였어 다만 오해했을 뿐 너는 어디에나 널렸고 특히 내 눈엔 아주 잘 띄지 말했잖아 좋아한다고 그래서 같이 있으려고 옮기려던 것뿐이었는데

오 마이 갓, 너는 이미 집이 있었구나 네 등에 내가 업혀 울 수는 영영- 느리게 산책하는 너를 내가 죽였어 미처 도망쳐 라고 말하기도 전에 튀어나온 너의 긴 내장

함께 축축해질 차례라고 생각했는데 이젠 내가 집이 되어줄게 내가 너를 위한 시구(柩)를 짜놓았어 귓가에서 한 행씩 읊어준다면 나는 온통 너로 진동할거야 그런데 이상하지 볼을 타고 내려오는 점액 끝에 내가 걸려있어 어쩌면 신이 지나간 자리면 어떡해

반짝이는 길에 대고 애도의 표시로 다만 네가 곤충처럼 통점이 없기를

두 손 모아 소원해 그게 모자란다면 간곤한 어느 화가처럼 귀를 잘라 보낼게

취향

눈치챘겠지만 나는 클림트보다 에곤실레의 그림들이 좋아 요즘 젊은이들은 날 것을 더 선호하는 추세니까 나도 마찬가지야 날 것에는 자유가 묻었다고 생각하거든 클림트가 우아함으로 애써 외면 또는 위로하려 했던 육체의 한계를 너무나 적나라하게 드러낸 에곤실레의 에로틱함은 어딘가 불안하고 싸구려 같은 느낌이 들지만 또 싸구려 같은 느낌이 핫한 게 사실이잖아. 싸구려에는 불안함과 위태로움이 원초적으로 깃들어져 있는 것 같아 그런 것들은 쉽게 망가지거나 망가트릴 수 있으니까 감정적일수록 쉽게 매혹적일 수밖에. 나의 감정과 행동이 타인에게 영향을 미치는 것을 눈앞에서 조금 더 즉흥적으로 확인할 수 있는 것들이 얼마나 스스로의 존재를 굳건하게 환기시키는지, 내 자의식을 높이는 일인지 모두 잘 알고 있듯. 우월감에 자화상을 그려. 오늘은 쉽게 그림을 따라 그렸어. 저 연인이 다정하기보다는 안쓰럽고 불안해보여서 아마 저들은 서로의 가장 하등의 부분을 떼어 나누어 가졌을 거야. 그것은 둘만의 은밀한 언어라 생각했겠지만 사실 서로의 하등함이 비참함이 되는 순간, 서로를 못 견뎌내고 결국 지쳐가게 될 거야. 서로를 위해 외롭게 말라가다가 인내심이 조금 더 많은 쪽이 놓아달라고 부탁하겠지 그럼 미련이 습관인 사람은 아무런 가책없이 가지런히 무릎 위에 얼굴을 묻어두겠지. 이윽고 두 사람은 서로를 부여잡고 실컷 울고. 가장 못생긴 서로의 일그러진 얼굴을 확인하고서 뒤를 돌아 문밖으로 걸어나가, 더 이상 그 방에서는 오래된 전등소리 외엔 아무런 소리도 나지 않을 것 같아서

낙화

안녕

이제

꽃구경은

끝났으니

꽃 타령은

그만할까

공중의 눈꺼풀은

아마 꽃일 테지

수십만 개의 눈들이

떠지면

모든 순간을

향기롭게 목도하고

재채기를 하던 당신은

내 사랑의

가난을 미리

알아보았던

것이겠지요

당글당글한

꽃잎이 치욕에

몸을 떨며

바닥으로

암전하는

눈물자국처럼

번지고

번지어도

허공에 섞인

온기들은

미동도 없이

어여쁘고나

내 숨은

무거워

찬 공기는

아래로

옮겨가고

꽃잎과

함께

저물었다

밤새

거리의

흩날리는

눈꺼풀을

뒤집어 까 보이며

나

노는 동안

내 사랑

홀로

발가벗었네

2부 나

사동표현

이히리기우구추
누가나를시키나
이히리기우구추
누가나를시키나

내가 하는 일은

우물에 달을 길어 올리는 일이야
물을 퍼내다 깨달았지 나르키소스처럼
사랑에 빠지는 일이 사실 나의 천직이었는데
하수구에 빠뜨린 동전들을 줍느라 욱여넣은 손
빨갛게 부푼 팔꿈치 바닥에 쓸리는 무릎
하늘을 향하는 시선 끝내 닿지 않는 감촉

기억하니
고운 모래를 모으며 우리는 처음으로
노동의 의미를 익히고 작은 무릎을 맞댄 채
죽은 햄스터 따위를 묻어주다가도 금세 천진해져서
네 손등의 모래가 날아가지 않도록 조심히
더운 입김이 무릎에라도 닿으면
달라붙어 있던 모래알을 털어내는 동안
나 쓰라린 뒤통수를 본 것 같아
햄스터를 묻은 자리를 꾹꾹 밟으면서

우리, 다시는

어제의 영광으로 조우하지 말자고

약속하는 어제가

나의 유일한 비전이야

비둘기에게

당신은 핑크를 좋아했지요.
핑구그그그그그그구구구
어디서나 눈에 들어오는
핑그구구구구쿠쿠쿠쿠쿠
절규가 핑크색이라면
우리의 절박들이 조금은 각광받았을까요?
혼돈의 색깔이 핑크라고 말한 적이 있나요?
환각의 색깔이 핑크라고 말한 적은요?
왠지 낭만적인 이 색깔이
뒤집힌 그대의 눈꺼풀 같아 시려요.

핑크색은 생명의 안쪽에 위치하니까요 여리고 음미롭고
비밀스러운 환상을 그렇게 칭하는 것도 어딘지 음흉스럽게
쑥스러운 구석이 있어서요.
자꾸만 헷갈리는 ㅐ 와 ㅔ처럼 안쪽인지 바깥쪽인지 헛갈리는 색
이라서요.
떠올리면 눈물이 핑- 도는
어딘지 다급한 색이여서요.

모자에서 잘도 태어나는 당신은
언제나 핑크색 발로 인사를 건네요.

안녕 내 사랑?

돼지

점심에 뼈해장국을 먹는데 말이야
내 앞에 앉은 그녀와 눈이 마주쳤단 말이야
내가 게걸스럽게 뼈다귀를 뜯고 있는데 빤히 -
그녀가 빤히 바라봤어
뭐라고 속삭이는 것도 같았는데
나는 너무 맛있어서 들고 있는 돼지 뼈를 내려놓을 수가 없었지
쏙쏙 입으로 뼈에 붙은 살이며 질척하게 붙은 우거지며
끈적한 국물을 먹어치우는 동안 그녀의 시선은 계속 되었는데
나는 그게 기분이 나쁜 게 아니라 좋았어
이상하게 나는 고깃살을 맛있게 바르면서
내가 그녀를 먹고 있는 건 아닐까
영원이 있다면 지금,
지금이 아닐까 너의 살을 차곡차곡 내 뱃속에 집어넣으며
나는 따듯한 살갗을 너에게 얻으려 한 건 아닐까
돼지야 내가 함부로 널 더럽다고 말했다면 사과할게 부디
사과를 받아주겠니
그러자, 그녀가 찡긋 미소를 지으며
알았다는 듯이 모두 안다는 듯이

기꺼이 그래주겠다는 듯이 그래 그렇게 돼지머리처럼
웃어줬어.

장래희망

꿈속에서 그녀를 자주 봐
그녀는 초록머리였는데
우리가 같은 점이 있다면 내가 처음으로 토했을 때 초록색이었어
그리고 우리 강아지가 마지막으로 싼 똥도 초록이고
누가 그랬는데 초록색이 나오면 이제 끝장이래

그래서 그녀는 자꾸만 끝 장면으로만 시작되는 걸까
남들이 자꾸 꿈꾸는 소리는 하지 말래
잠꼬대라는 말은 왠지 귀엽지 않냐고 물었을 때
헛소리라고 무시해요 왜

귀를 잘라도 예술적 광기가 되는 시대가 드디어 왔는데 얼마나 외로웠을까
고흐나 나나 우리 개나 헛것이 되고 마는 건 다 똑같은데
초록색 변을 눈 우리 강아지가 제일 신기하지 않아요?
개만도 못한 것들이 세상에 넘치는데
나도 참을 필요 없지 그래서 초록의 그녀에게 입을 맞췄어요
나뭇잎을 먹는 것 같았지

몇 번이나 바닥에 침을 뱉었는지

겸손해지기 위해 사는 건 정말 질려요
초록색 똥을 누는 날을 위해 사는 거라 하면
당신,
여전히 헛소리라고 할 거예요?

양치식물과 오전

오늘은 양치식물의 정의에 대해 배웠어
양치식물은 내겐 영영 오전일 수 있었는데
배운다는 건 참 재미있고 싫증나는 일이야

신비로움을 신비롭게 간직하기 위해선
얼마나 많은 무지와 공포가 필요할까
무용한 생각만큼 설레게 하는 일이 없다는 사실이
얼마나 절망적인지 아니

개운했어 양치식물을 생각하면
예상한대로 예쁜 선을 가졌어
치열하게 우아한 얼굴
듣지도 않는 재즈를 듣고

나는 재즈에 취향이 없어
고막에 취향이 있다는 게 우습다고 생각해
양치식물 중엔 관절이 있는 종류도 있다고 들었어
이게 더 우습지 않니

식물에 시간이 고이면
우리가 부르는 관절이 될 거야

바람의 관절은 이슬이 될 거라는
지나치게 감상적인 태도도 유지해
오늘은
양치식물에 대해 오래 생각했어
그리고 때때로 눈물이 고이길 기다려

양치식물에는 왠지 손이 있을 것 같아서
오래 전 유연하게 얼굴을 감싸는 양치식물을
본 적도 있는 것 같아서

빙하

언제라도 물컵이 되는 일
투명한 것들은 대체로 얼마나 매력적인가
우아하게 산산조각 나는 일
아무도 쉽게 다가올 수 없도록

망설이는 표정을 파편마다 수집했다
끝까지 물컵이 되기로 작정한 날
입을 다물고 우는 연습을 했다

물컵은 늘 허공을 입에 물고
투명하게 유영하는 수평선의 얼굴을 가졌을 것이다

물과 컵과 허공이 모두 투명한 탓에
나도 잠깐 사라질 수 있다고
세수를 하다말고 세면대에 고갤 처박아봤다

숨구멍에서 기포를 꽃게처럼 게워내고야
거울에 망설이는 표정 입김처럼 서렸다가 사라진다

빙판에도 뿌리를 내리는 식물이 있다고 들었다

점

까맣게 솟은 손목의 점이 간지러워지는 날에는 못 견디게 그 속으로 들어가고 싶어
작은 점에 입을 대고 숨을 불어 넣으면 유리 같은 생들이 허공으로 번지고 죄책감 없이 동물을 잡아먹고 이를 쑤시는 것이 야만이 아니듯 아비가 죽고도 넘어가는 밥알에 희망은 곱씹듯이 순리는 참 끈질긴 녀석이라서 매일 죽고도 태어나고 태어나고도 죽어 아주 한 때 잠깐 축축해지면 빛에 젖은 다른 전생들이 그림자로 태어나
배를 잡고 깔깔 웃지 그러다 놓쳐버린 배꼽이 손목에 달라붙었는데 그게 간지러워지는 날에는 못 견디게 그 속으로 들어가고 싶어 사람들은 손목을 긋는 걸까
그러나 그것마저 지겨워질 때 허기진 점을 채우려 길바닥을 쏘다니며 그림자를
한쪽 눈을 겨누고 잃어버린 반쪽을 찾을 요량으로 사냥을 시작했다더군
그 총구가 여기, 여기 있다니까 내 손목에,
여기 좀 잡아줄래?

여기 지금 일어나고 있어

내릴 층이 어딘지 모르면서 탄 엘리베이터가 움직이기 시작했을 때 나는 일단 아무 곳이나 눌렀는데 문이 열리면 뛰쳐나가자 겨우 마음을 먹었는데 열린 문으로 밀려들어오는 사람들에 떠밀려 뒷걸음질하다 그만 절벽, 절벽인거지
떨어지는 줄 알고 소리를 질렀는데 푹신한 매트리스 위에서 엄마가 놀란 눈으로 나를 바라보고 민망함에 웃어보였던 내 누런 이는 내가 볼 수가 없잖아 그건 엄마의 그 입이 가늘고 길게 찢어지면서 그 안에 겹겹이 나오는 내 얼굴 같은 건데 나는 죽었구나
나와 눈이 마주치는 너도 한번 죽어봐라 네 눈을 찌르자마자 내 눈이 시려서 뜰 수 없는 눈을 한동안 부여잡고 이게 무슨 일인가 안간힘을 쓰고 눈을 떴더니, 물속이야 그러고 보니 나는 수영을 못하니까 살려주세여 라고 말하려는데 동그랗게 뭉기어지는 소리들 영영 멀어져 귓구멍까지 밀려들어오는 물
멀뚱히 바라만보고 있는 생선대가리들아 일제히 흐리멍덩한 눈깔을 느리게 굴려 나를 바라봐 손도 없이 나를 짓누르는 시선들 지긋지긋하게 조여 오는 구나
단념하고 내가 눈을 감는 수밖에 눈을 감자마자 보이는 내 손 내 손가락 내 다리 내 맨발 아래 바닥 지속되는 장판의 무늬 무늬의 연속

끝에 벽이 벽으로 이어진 벽이 벽 다음 벽이 벽을 따라 다시 이어지는 무늬 무늬의 연속 끝에 다시 돌아온 내 맨발 내 다리 내 손 내 손가락 끝에 걸린 여기.

곁

파도는 파도를 낳아 한 뼘도 자라나지 못하는 바다는
구부러진 발등의 각도로 파도가 파도를 먹어 치우는 모습을
바라보는 바다에게

문득은 언제나 와 동어반복인 날들이 찾아오고
그때마다 손은 자꾸 끈적이고

끈적이는데 잡은 것들은 왜 죄다 쓸려가거나 미끄러지는 건 기분
탓입니까?

분명 팔을 굽혀 안쪽으로 모으고 있었는데
안은 것이 아무것도 없을 수 있어서 시퍼렇게 울고 있는
바다에게

바깥을 설명하는 일처럼 어려운 곁

여름

재빨리 마르지 못한 것들에게서는 냄새가 난다
함부로는 아무런 죄책감도 없어야 한다
살아있다는 건 매일을 씻는 일
가뭄보다 더 짙게 짖는 개 한 마리가 있었다
동네 어른들은 그 개를 삶았다
미련이 많은 것들에게서는 함부로 냄새가 났다
절뚝이는 어미개가 함부로 생리를 하고
나는 미래는 모른다고 발뺌하고
과거는 지나간 것이라고 위로했다
아버지가 엄마의 목을 누르듯 세상이 완성되었을 때
햇볕은 독백으로 먼지의 길을
잔인하게 읊조리는데 최선을 다했다
뜨거웠으므로 무엇이든지 바짝 말라갔지만 누구도 쾌청해지지는 못했다
아직도 세수를 하지 않으면 냄새가 난다
너는 그것을 원죄라고 말했다
젖은 수건이 매일을 살았다
수건을 털자 미련 없이

추락의 기쁨

누군가의 구원을 기다리는 일은

얼마나 설레는가!

젖은 혀로 마중 나가

젖은 두 눈을 핥아야지

사랑스러웠던 개처럼

뜨겁게 말라가야지

세렌디피티*

지하철에서 시집을 읽었어 나는 이동할 때마다 땅을 움켜쥐고 걸었어
땅이 아니 내가 무너질까
발이 달린 고래처럼 어울리지 않는 것들을 애써 생각하느라
주말은 자꾸 오고 나는 매일 떨어집니다.

발길이 땅을 움켜쥐었다 놓는 모든 순간에 너를 떠올렸어 한 번도 우연은 내 말을 들어준 적이 없었지만 들어준다면 그래 그건 우연이 될 수 없으니까 시를 읽고 있는 내 모습을 본다면 너는 다시 반할지도 모르지 하지만 나는 시를 읽느라 너를 못 보았구나 정수리 끝엔 늘 네가 서 있었는데.
볼 수 있는 방법은 음모처럼 튀어나온 새치를 골라내듯 얼굴을 찌그러뜨리고 앉아 은밀히 거울을 보는 것 우린 서로 닮은 곳이 아주 많아 네가 말했듯이 하지만 그 못생긴 면상을 마주하고 있으면 널 마주할 용기가 안 나.

나는 또 고갤 처박고 세면대를 복기하며 동글동글한 울음을 올려놓을까아

물방울 보다 더 빠르게 고갤 들어 올릴 수는 없나
너를 향해 튀어 오르는 육신을 붙잡느라 발끝은 빨갛게 무르익어

지하철은 멈추지 않는다니까 얼마나 쉬어 같은 색 위에 놓이는 날
들 쯤은
창밖으로 분절된 네가 메아리처럼 쫓아와
스크린도어가 닫히기 전에 어서 여길 빠져나가야 해

* serendipity 뜻밖의 발견. 의도하지 않은 발견. 운 좋게 발견한 것.

독

불볕아래 있다 보면 누구나 헛것을 보기 마련이다
움푹 파인 눈언저리가 나에게는 오아시스처럼 보였다
네 얼굴의 그늘만큼
나는 쉬었다갈 수 있을 거라 생각했다
그게 그을음인 줄 모르고
그늘에서도 잘 자라는 알록달록한 버섯으로
너무 끔찍하게 예뻐서
울음이 독처럼 퍼질 때까지
눈물이 모이는 데 왜 소리가 날까
제일 크게 울수록 제일 먼저 죽는 병아리처럼
너는 그렇게 아름다웠다
예상은 이성보다 감성에 더 헤프게 다가왔다

함부로 자란 너를 몰래 따서 먹은 그때부터
검버섯이 여기저기 올라오더니 그 까만 입으로
나를 집어 삼켜버렸어

그리움이 그을음으로 번져 드디어 나에게도

오아시스가 생겼다는 걸 알아차리고는 쉬이 기뻤다
네가 쉬었다 갈 딱 그만큼의 그늘을 드리우고
조용히 풍화하며

이제 불볕 아래 눈을 감으면 아무것도 없이 빛만 남는다
흰 뼛가루가 빛처럼 펄럭였다
네가 느리게 다가오는 것도 같았다

고래이야기

내가 깨지 않는 아침 기억은 하아품 같아
우리는 같이 별을 보았는데 별에게 우리는 아주 오랜 과거일 뿐
별이 별이기 전에 너는 네게 땅 속에 고래가 살았을 때 이야기를 해주었지
땅굴을 파는 지느러미에 모래알이 알알이 박혀 피를 흘리며 죽은 고래 이야기를 해주었지
고래는 미래의 모습을 하고 있단다
지느러미 같은 손으로 내 얼굴을 매만지며 너는 내가 그 고래를 닮았다고 말했어
나는 기뻐서 소리를 지른다는 게 그만 등에 달린 숨구멍으로 모래를 뿜었지 뭐야
그러자 너는 화들짝 놀라
뒷걸음질 쳐 달아나 어찌나 빠르던지 아프리카 초원의 영양처럼 금세 폴짝폴짝 멀어져가
나는 큰 지느러미를 돌려 보았어
앞으로 나아가려 할수록 자꾸만 생채기만 생길 뿐 조금도 움직일 수 없어서 그대로 주저앉아 엉엉 울었는데
글쎄 눈물이 바닥에 차오르더니 내 몸이 둥둥 뜨는 게 아니겠어

나는 너를 향해 힘껏 꼬리를 퍼덕였어 그 힘이 어찌나 센지 강을 건너려던 네가 그만 더 멀리 떠밀려가 뻗은 그 손을 잡아야하는데 뭉툭한 지느러미에 손은 자꾸만 미끄러지기만 하고 이미 사라진 별이 다시 사라질 수 있을까
이제 땅속에는 열매가 살고 영양을 피해 강으로 도망 간 포식자들은 모두 살아남아

내가 깨지지 않는 아침 침대 위에 모래가 가득했어
내 침대위로 떠오르는 사람들을 만나면 상의를 벗고 등을 드러내고 싶어져
혹시나, 네가 나를 알아볼까봐

사월

돌아누운 마음을
염려하지 않기로 했다
그건 새해 같은 맑은 다짐치고는
꽤나 낭만스러워서
아침보단 저녁에 어울렸다
눈을 뜨면서 다짐하는 사람들과는 멀어지기로 했다
자리에 누워 천장을 오래도록
바라보는 사람과 함께하자고
다짐치고는 시시해서 웃었다

사월은 어딘가 근사할 거라는 믿음은 벚꽃 때문에
가능하다
벚꽃은 한때라 평화롭다

내가 조금 더 시시해지길 바랐다
내가 조금 더 근사해지길 바랐다

떨어지는 벚꽃을 염려하지 않기로 했다

그건 새해다짐치고는 너무 늦은 것 같아
쉽게 어길 수 있었다

몸 밖으로 터져 나갈 수 있는 꽃들이 부러웠다
나는,
꽃이 아니다

꿈밖

옷을 가지고 태어난다는 건 무엇일까
새들에게 경계를 바라지 않는 것처럼
자연스러운 일들이 될 수는 없는 걸까
손톱이 머리카락이 자라는 것에 이유가 있을까
그림을 그리고 글을 쓰는 것이
배고픈 아이의 울음보다 절박할 수 있을까
매일 태어난다면 죽음은 역시 태어나는 것일까
죽음은 언제 죽음을 맞이할 수 있을까
죽음은 새의 깃털보다 입장이 없다 깃털은 얼마나 많은 먼지를 달고 오는가
기억엔 끝이 없지만 끝엔 늘 기억이 있다
그렇다면 옷을 입은 기억이 없어서 끝날 줄도 모르고 옷을 새로 기워 입는 것일까
바느질 소리로 밤이 완성되고
나는 쉽게 밤에 찔렸다
매일 아침 머리맡에 다른 옷가지들을
올려두고 잠들었다

나의 외로움을 궁금해하지 않는 사람들에게

빨간 구두를 샀다
외로워지려고
어디서든 주저앉으려
폭이 넓은 치마를 입었다
두 눈이 흐릴수록 현실은 선명했다
이런 날에 발끝은 늘 소실점

사람들의 말소리가 유난히 크게 들린다면
아무것도 나는 숨길 수가 없다
고개를 들지 못하고
어깨만 들썩이면 외로운 빨강이
가득이다

내 정수리를 뚫어져라 바라보는 사람일수록
나의 외로움을 궁금해 하지 않는다
상관없다고 상관하면 조금은 시선을 맞출 수 있을까
그럼 나는 그만
주저앉아버려도 괜찮지 않을까 했다

크레이프케이크*

기억이 나지 않는 장면이 있다고
말하면서도 그것이 있었다고 확신하는 것 같아 우스웠다
겹겹이 쌓인 크레이프케이크를 포크로
가르면 하나로 눙쳐진다
미소를 띠며 달콤하게 웃는 모습이 나한테는 그랬다
순간은 어떤 파장으로 뜨거움을 견디었는지 그을린 무늬대로 살아가는 그림자
이렇게 희미해질 기억인 걸 알았다면 얇게 더 얇게 핀 프레페를 한입에 넣지는
말았어야 했다

그림자만큼의 순간들이 사실은 사라지고 있다고
우리가 흘린 케이크 부스러기에 몰려든 개미를 엄지로 꾹꾹
누르면서 생각해봤다
납작해진 개미가 엄지와 검지사이에서 동그랗게 뭉쳐지면
개미의 기억도 새까맣게 멀어버렸을 것이다

손톱에 낀 때가 어느 날 문득 개미의 기억 같다가

삭제된 어느 날의 장면처럼 떠오르는

거슬리는 네 미소

* 얇은 팬케이크를 겹겹이 쌓아 올려 만든 케이크

구멍

나는 태어났는데 구멍이었지
구멍, 구멍인 줄 모르고 태어났어
자기 이름을 알고 태어나는 것들은 없으니까
죄다 명명한 대로 불리다가 변명만 하다 죽어버리거든
근데 나는 구멍이니까
태어났다고도 죽었다고도 할 수가 없는 거야
구멍인데 동그란 구멍인데 그 구멍은 있는 거라고 말을 할 수가 없잖아
구멍에 뭐가 있어 구멍은 그냥 뻥 뻥
뚫려 아무것도 없는데
그저 우린 명명할 뿐이지 애초에 있던 적이 없는데
이러면 좀 쉬울까 나는
도넛의 뻥 뚫린 구멍까지 도넛이라 불러야할까
아니면 빼고 불러야하나
그런거야 나는 분명히 있는데 없다고 말하는 작자들이나
없는데 있다고 말하는 작자들이나
그냥 나는 구멍인데 뭘 채울 수 있으면 그게 구멍인가
아니 채워지면 그게 구멍인가

하루 종일 생각했어

숨을 크게 내쉬면서 자꾸만 들이마셨어

숨을 들이마셔도 또 쉬어야하니까

나는 언제나 구멍

그 이상도 이하도 아니었지

하품

아무것도 품지 않고 삼켜버리는 것
같은 배인데 왜 다를까
하품을 한다
사랑하는 사람들이 떠나가기 전
남은 숨들이 나에게 붙어서 왔으리라
그래서 나도 모르게
눈가에 눈물이 맺히는 거겠지

하루가 부른다 배처럼 너무하게
터트리면 아무 것도 없는 공갈빵
같은 개구리를 펑펑 터트리며 웃는
아이를 상상한다
비린내가 진동한다
역겨워도 눈물이 고인다

요즘은 도랑을 보기 힘들다
어젠 내가 도랑에 처박혔다고
그래서 엉망이 되어버렸다고 말하고 싶은데

반듯한 길에는 도랑도 없고
넘어질 일도 없다 딱히 어이없게
울어버릴 일도 없어서
하품이나 한다

하루를 기이일게 늘리는 숨들이
있지도 않은 도랑에 고여서 썩는다

까마귀가 나는 밀밭*

어른의 비명은 아이의 울음보다 주목받기 어렵지요. 점멸하는 활자들 나는 태생적 열등감으로 살아가는 먹이. 그러나 얘야 걱정 마렴. 포식자 위에는 더 큰 포식자가 더 큰 포식자 위에는 또 포식자가 있잖니. 아이가 귓가부터 저를 지우고 있는 걸요. 아, 그것만은 나의 유일한 취미는 음악을 들으며 눈물을 짓는 것. 내가 지어 올릴 수 있는 건 이런 것뿐이란다. 나는 구애하는 새의 몸짓을 알아, 그건 구애라기보다는 절박에 가깝거든 또는 애걸이라든가 사실 단어를 선택하는데 신중할 필요는 없어. 단어는 태어나기도 전에 죽은 아이의 표정 마지막 숨을 쉬려다 삼켜버린 공기란다.
어제는 까마귀 떼가 날지 않고 나를 향해 두발로 걸어왔다 언제든 날개를 펼칠 수 있어서 두려워. 나는 생각했다. 결말과 불안 사이에 무엇이 더 큰 포식자인지 까마귀 떼가 총성에 날아가는 것은 사실 결말과는 아무 상관없지 그런 식의 매도는 정의롭지 못했다. 사실 알고 있었다 그것이 그들만의 애도 방식이라는 것을. 방향을 바꿔, 까마귀 떼를 향해 뛰자 한꺼번에 날아올랐다. 내 반대편으로.

그래 그때, 나는 나의 포식자를 보아버린 거야.

* 네덜란드 화가 빈센트 반 고흐의 유화 그림

아침 해

눈꺼풀이 날개였을 거라는 생각

날개를 가만히 접어야만 쉴 수 있는

영원히 땅을 딛지 않는 물고기는 눈꺼풀이
없고

일제히 하늘로 날아오르는 새떼

아침과 함께 수면睡眠 에서 멀어지고

죽은 자의 눈을 감겨주는 것은 오래도록
바라던 지면이 되는 일

눈꺼풀 사이로 일렁이는 물결

새가 빠져나간 그림자만큼
부-풀어

폐부로 밀어 올리는 거대한

기포

나의

우리 엄마는 나를 내 사랑,

이라고 부르지 내 사랑의 뒤에 쉼표는 매우 중요해

엄마는 느낌표로도 물음표로도 부르지 않으셔

내가 대답하거나 하지 않을 때나 아무런 상관이 없지

나는 온전히 사랑 자체가 된 것 같아

내 이름보단 내 사랑이 더 좋지 아무것도 만들지 않고도 완성될 수 있는 기분이랄까

그런데 그 말을 들을 때면 나는 자꾸 눈물이 나

굳이 눈물을 정의하는 건

우는 아이를 채근하는 못된 어른의 태도란다

함부로 아무도 부르지 말 것

사랑하는 내 사랑, 사랑하고 또 사랑하는 내 사랑은 어디로도 귀결되지 않고

결국 나의 것으로 끝나버려서 좋아

그냥 사랑은 보기 좋은 관상어(語) 같거든

도망하는 저녁

금요일에 지하철로 쏟아지는
얼굴들 나는 까만 창에 내가 쏟아낸 낱말들을
헤아려본다
반드시 언어가 되었어야 하는 말은
입안 고이고 불구의 새들은 날아가 바닥에 껌으로 고였다
위장한 눈 코 입 입술 혀가 나를 조롱할 것이다 오늘 밤에는
함부로 몽정하는 소년이 되어 잠에서 깨자마자 당황할 것이다
내가 미워지는 날엔 억지로 더 웃어보였다
상황이 여의치 않으면 집으로 돌아가는 지하철 차장에 대고
내 속도를 비웃는 어지러운 창밖에 나무들이 음침한
푸른빛으로 웃는다
사랑하는 모든 것들이 손가락질을 할 것만 같아
두근거리는 심장으로
집으로 내달리는 내 보폭에 맞춰
놓칠세라 쫓아오는 그림자가 아이처럼 큰 눈으로 부르고

내 그림에선 살 냄새가 나

캔버스에 이제 내 살비듬이 돋아

얼굴에 난 여드름을 짜면 무슨
색이 나올까 나는 코발트 블루였으면 좋겠어 아니면
에메랄드라던가 그냥 초록도 나쁘지 않지 곤충의 피처럼
더듬이를 가지고 태어난다면
방향을 쉽게 잃지 않을 테니까

빛에 환장하는 불나방보다는
몰래 몰래 빛을 모으는 파푸아뉴기니의 사슴벌레가 되고 싶어
여드름이 돋아나길 기다려
그래야 실험에 참여할 수 있으니까
그럼 나는 내가 가진 걸로 내게 없던 것을 꺼낼 수 있지
이제 너는 살아있는 그림을 보게 될 거야
톡 터지는 벌레들처럼 내 여드름도 톡톡
내가 무슨 색이게?
나는 제발 명도가 있는 흑백이고 싶어
빛을 부르는 그림자처럼

늘 내가 나와 함께할 수 있다면

그깟 색 따위가 다 무슨 소용이야

유난히 아침

식빵을먹었지가운데부터파먹었어부드럽고촉촉한건포근해서좋은
거겠지겨우침때문에사회가생겨났다는데그렇게체액은결정적인거
야모든세계는입속에서태어났다생명이라고해서다를것도업지어디
서봤는데파란눈은열성이라도태되어야마땅한파란은신비롭지구같
아파란눈은감정적이다사람들은파란눈을번식시켜열성적인것들은
우성으로살아나는건감정이전부인데버거운열성은열정이될수있다
고믿었다면내마음을전부알아챘을지도그런데아는것과빠지는것은
다른거니까그깟것들이다무슨소용이야소용없음처럼순수한의도를
가질수있는유일한단어처럼들렸던때가있었는데너는아니나는나는
그러니까뭘가지고싶었던거니나를더이상줄세우지않아도마음껏무
너질수있는도미노같은나들끝에네가있기를멈춘적없이달려왔는데
끝끝내혼자쓰러지고야마는마지막도미노

운 날

나는 어항인 사람을 알고 있다
조금만 흔들어도 눈물을 쏟는 사람
전부를 들키는 사람
기껏 숨어야 다시 내 앞에 있는 사람
한순간도 뒤돌아 설 수 없는 사람
아무것도 혼자서는 가질 수 없는 사람
끊임없는 바깥에 자꾸만 부딪히는 사람
끊임없는 안에서 자꾸만 당황하는 사람
모든 말은 동그랗게 뭉쳐져
어항을 계속 부르면 엉엉 우는 나만 남고
부를수록 울음이 되는 사람과 밤새 춤을 췄네

튀김과 애인의 상관관계

새우튀김 오징어튀김 김말이 만두 야채 무엇이든 튀기면 같은 껍질을 뒤집어쓰고 걷는 사람들 허기진 포장마차 어묵은 불어터져 불어터진 입술에 빌어먹을 이라고 돌아선 사람들은 물집을 한 움큼 집어 삼키고 앉아 누구라도 조금만 건들이면 쏟아질 것처럼 혼자 앉아 먹는 저 여자 좀 봐

언젠가 저 여잔 튀김가루를 제 몸에 바르고 기름으로 뛰어들고 말거야 가장 고소해지는 시간 인생을 통째로 튀겨낸 모양으로 굳어진게 육체라면. 드디어 껍데기를 가지고 껍데기를 가지면 비로소 나를 벗겨낼 수도 있겠지 허연 오징어의 속살보다 더 순진하게 발가벗고 완벽한 영혼의 해방을 외치며 하루 종일 말랑해져서 사람들의 주머니를 다 뒤집으며 속살을 보여주자 시로 커피를 살 수 있는 여유가 모두에게도 공평해지면 한 사람이 읊어도 다 듣는 귀를 가진 사랑스런 사람들아

하지만 어울리지 않는 건 튀김과 커피가 아니라 커피와 시가 아니라 시와 내가 아니라 나와 나라서 문제야 그건 튀김옷을 선택하지 않는 문제 같은 건데, 하필이면 가장 뜨거울 때 단단해지려는 게 그게 애

인이 아니라는 거야 결국 아무것도 위로가 되지 않는 세상에서 튀김
보다 쉽게 바스러질 뿐이란 말이야
적어도 애인과 튀김의 공통점은 나였으면 한다는 말이야

우리는 모두가 모자에서 태어나

모자에서 비둘기가 나오고 박수갈채는 너무 식상할까봐
준비했어
가장 뜬금없는 이별을 위해
어떤 고백도 하지 않았는데
이별을 말하는 순간이 고백이 될 줄이야

너의 목에서 비둘기 같은 울음이 새어나와
구루루루루 구루루루루루
양쪽 눈은 자꾸만 다른 방향으로 굴러가

비둘기는 사실 모자에서 태어나
모자는 우리를 쓰고 앉아
머리 위로 떨어지는 새똥을 받아먹지

아아-
모자에서 태어난 우리는
모자를 엄마라 부르며
구구구구구구

따라가느라 정신없지

젠틀맨이 모자를 벗고 정중히 인사하네

비둘기로 변해

마음껏 날아가는 사내

것

환해지는 것
두 눈에 갇히는 것
선택은 오직 감는 것
두 눈으로 해방되는 것
기꺼이 망망대해가 될 것
스스로 우주일 것
아무것도 부를 필요가 없는 것

명사가 되는 장면들
쉽게 부사가 되는 사람들에게
기꺼이 장면이 되는 것
쉽게 부식되는 싸구려 반지의 녹 같은 것
공기와 반지사이 기억이 되는 것
어떤 의미도 없이 존재일 것
시간이 공간이 되면
기다림이 된다는 것

결국 하나로 묶어지는
것들

수챗구멍의 자세

그녀는 수챗구멍을 닮았다
함부로 헐거워진 곡선들이 아름답다고 말해주는 사람들을
만나기란 쉽지 않았다
간혹 그녀가 바닥에 주저앉은걸 보고 어떤 마음에서건 어깨를 두드리며
위로를 건넨 사람들도 더러 있었다
하지만 그건 아직 그녀의 껄덕거리는 숨소리를 들어보지 못한 어쭙잖은 무리들이며
역시나 무언가 콱 막혔다가 요란하고 천박하게 바닥으로 빨려 들어가는 그녀의
괴기한 울음소리에 다들 화들짝 놀라 나자빠졌다
벌어진 뼈마디들을 하나씩 맞추고 나서야 겨우 일어날 수 있는 그녀는 그럴 때면 늘
같은 자세로 텅 빈 구멍사이를 휘휘 저어댔다

그녀의 바닥은 언제나 허공으로 가득 차 있었다

우리를 합하면 겨우 나인데

아무도 취향을 묻지 않을 때
엄마의 가슴에 얼굴을 묻고
젖 냄새를 실컷 맡고 싶을 때
어쩔 줄 몰라 나는 다 커버려서
가난하다고 취향이 없을 수는 없는데
예쁜 신발을 보면 나는 예쁘다고 하는데
신발은 나한테 예쁘다고 안 하니까
할 말이 너무 많아 되감아 걸을 때
사람들이 멈춰서는 건 아니니까
나는 더욱 작아져서

크기가 중요한 게 아니라고 섹시한 당신이 말할 때
역시 가슴 큰 여자는 배반하지 않는다고 생각했지
파도 같이 여자의 젖가슴이 밀려올 때
북극해에 빙하는 아직도 안 얼었다고 말하는 네게
안 얼었는데 어떻게 빙하냐고 되묻는 내 말이
파도 같다고

땅에 다다르기도 전에 사라지는 새와
하늘에 다다르기도 전에 사라지는 새 중에서
어떤 것이 더 새 같은 것인지
궁금해 하지 않는 여자는 가슴이 파도같이 부풀었는데
그 여자 가슴엔 구름 같은 한숨이 들었을 줄 알았지
눈물을 흘리면 그 속으로 쏙 숨어들어갈 길이 있는
볼륨감 가득한 여자였는데

나는 그 여자가 될 수도 없어서
오늘은 아무도 취향을 묻지 않았는데
가슴은 클수록 좋다고 말해버렸지

초록색으로 우는 여자

너무하다고 생각해
실은 우는 것과 아랑곳없이

아무것도 정지하지 않았다는 게
무엇도 망설이지 않았다는 게
주변을 모두 적신 줄 알았는데
나 말고는 아무것도 젖지 않았다는 게

구름은 젖지 않고
주변만 적신다는 게

세상에 부러운 것들은 왜 이렇게
흔할까

손에 잡히지 않는 건 동경하기 쉽다
함부로 잡히는 것이 동정하기 쉬운 것처럼

내 울음도 구름처럼 순환하면

조금 덜 외로워질까
매일 습관적으로 배달되는 눈물을 모아
화분에 부었다

매일 조금씩 초록의 슬픔이 자란다

실은,
흙의 얼룩만 가지고도

나 기쁘다고
초록색으로 우는 여자가
말을 걸면

그러나 또 다시

모든 것은 매립되게 되어있어
물고기도 결국엔 땅 속으로 스며들고
그러나 땅 위의 모든 생이 그렇듯
하늘을 그리워하는 마음으로
땅 속으로 맺히고 마는
반대로 걸어가는 걸 알면서도
또 땅 위로 터져 나오는 것들
햇볕에 말라가는 지렁이같이
절박한 아지랑이로 서로를 달구는
것들
지느러미의 추억으로 자꾸만 물을 닮은 하늘을
하늘을 닮은 물을 굳이 구분하지 않는
바다처럼 달이 부르는 것들
파도의 얼굴로 고개를 자꾸만 내미는
온통 사랑하고야 말겠다는 다짐들이
솟아오르는

숨의 완성

일단
10까지 참아본다
참아 본 다음은?
후에 일은 후에 일
숫자는
확신의 조력자
일단
10까지 세어본다
양을 세는
밤에 닿도록
어두울수록
물컹한 것들은
따뜻하기보다는
징그러웠다
촉감보다
감정이 먼저다
그래서
태어날 때

그렇게
울었나 보다
허공에
닿자마자
세상이
징그러운 줄
이미
알았다는 듯
허공을
목청껏
쥐었다 놓으며
울음으로
그을린
첫
숨
처음으로
돌아가는
열
손
끝
하나씩

구부리면

닿는

밤

양떼들이

별처럼

하얗게

눈꺼풀

사이

밀려오고

허공을

뱉었던

숨

1

다시

가지고

0

김고요

Kim Goyo

1989년 5월 출생

김고요 독립작품 활동

▼ 독립출판

문예지 A1;one (2016-2020), 사이 (2021)

감상(鑑賞)

그림자의 위무

이광호 (편집장)

그림자의 위무

이광호

1.

'가슴 위로 시인 김고요의 슬픔이 무겁게 내려앉았다. 가슴이 답답하지만 벗어나기는 커녕 계속 그의 슬픔에 깔려 있고 싶다.' 그의 시를 처음 읽고 적어 놓은 메모이다.

김고요의 시에는 분명하고 강렬한 나르시스적 그리움이 느껴진다. 다만 그의 시에 보이는 나르시스적 그리움은 남다르게 느껴진다. '행복한 도취이기보다는 홀로 남겨진 사람의 절망 같다고 할까?' 그가 궁금했다. 그의 시를 더 보고싶었다.

2.

그가 내게 물었다. "난해하지는 않나요?"

나는 시를 잘 알지 못 하지만, 예쁜 단어와 문장으로만 점묘된 시들을 알고 있다. 그리고 고요의 시는 그런 시들과는 달랐다. 그가 그런 질문을 했다는 건, 그도 확신이 없는 상태. 하지만 시가 좋은지, 아닌지는 독자만이 알 수 있는 것. 그가 걱정한 대로 그의 시 몇 편은 난해할 수 있을 만큼 낯설고 새로운 언어들로 가득했다. 하지만 그의 시가 난해하기만 해서 겉도는 것처럼 느껴지지 않았던 것은 비록 내가 이해 못 한 시인의 언어가 있었을지라도 그의 언어는 새로운 문법이 되어 내 마음에 가라앉고 있었기 때문이다. 결국 시인이 슬픈 마음으로 쓴 시를 읽고 나는 슬펐고 고독한 마음으로 쓴 시를 읽고 나는 고독했다. 나는 이 모든 감상을 일일이 표현하기보단 "마음에 와닿습니다."라는 말 한마디로 맺었고 그는 "마음이 했으면 다 한 거죠."라고 답했다. 우리는 서로 악수를 했고, 빈 종이 위에 '가제: 김고요 시집'이라 적었다.

3.

열 달 후 시인 김고요의 원고를 받았다. 그리고 나는 세 가지가 떠올랐다. 단절된 외로움, 정지된 고독 그리고 여전한 나르시스적 그리움. 마치 어느 물체로 인해 빛이 가려져 태어난 오랜 그림자에 혼자 사는 사람. 그리고 빛을 단절시킨 물체를 향해 그림자 안에서 처절하게 말을 거는. 빛을 단절시킨 물체는 아마도 그의 사랑. 내가 생각하는 이 시집에서 시인의 사랑은 두 가지이다. 타인에 대한 사랑과 자신에 대한 사랑.

> 얼굴에 꼭 맞는 당신의 두 눈을 감싸 쥐고
> 생의 프레임 속으로
> 우린 명작들을 만들어갈 거야
> 눈꺼풀은 지평선을 닮아

수도 없이 떠오르고 가라앉는 동안
찰나의 기억으로

—「당신과 안경」 부분

나는 나의 멸종을 네가 지켜봐줬으면
좋겠다고 세수를 하면
꾸준한 세수는 기도가 될 수 있을지 몰라
매일 눈앞에서 흐려지거나 흘러넘치는 애인아

종이 위에 개미들이 당신의 이름으로 자꾸만 우그리고

—「_ 에게」 부분

이곳에서 김고요의 사랑은 모두 과거형이다. 그리고 그의 과거형 사랑은 나의 지난 사랑을 꺼내게 한다. 공감에 대한 이야기를 하려는 것은 아니다.

상처내기 쉬운 체질
뱉은 말을 모아 손톱의 각을 결정했다
그래서 다정하게 손톱을 깎아 준 사람

—「일몰」 부분

녹지도 않고 부수어지거나 으깨지기만 하는데 너무 투명해서
결국 아무것도 없는 것 같았는데 잔향이 자꾸 맴도는 게

마음만 먹으면 사라지게 할 수도 있었는데
마음만 먹으면 영원하게 간직할 수도 있어서
결국 다 나한테 맡긴게
괘씸하게 미운거야

—「푸딩」 부분

시인은 보편적인 사랑과 그리움을 염두에 두지 않고 철저하게 자신의 사랑과 그리움만을 이야기한다. 그리하여 그의 슬픔은 지난 나의 사랑과 분리되어 다가온다. 그리고 그 슬픔이 완전하게 독립된 개체로 나의 슬픔을 어루만진다. 그리고 이런 방식(제목과 같이 '나의 외로움을 궁금해하지 않는 당신에게' 자신만이 아는 이야기, 지극히 개인적인 이야기)으로 어루만지는 위로는 계속된다.

배를 잡고 깔깔 웃지 그러다 놓쳐버린 배꼽이 손목에 달라붙었는데 그게 간지러워지는 날에는 못 견디게 그 속으로 들어가고 싶어 사람들은 손목을 긋는 걸까

—「점」 부분

내 정수리를 뚫어져라 바라보는 사람일수록
나의 외로움을 궁금해 하지 않는다
상관없다고 상관하면 조금은 시선을 맞출 수 있을까
그럼 나는 그만
주저앉아버려도 괜찮지 않을까 했다

—「나의 외로움을 궁금해하지 않는 사람들에게」 부분

나는 위와 같은 시들에 위로를 받는다. '괜찮다, 수고했다'라는 말들 보다 바람도 못 드는 구석, 연약하게 떨어지는 해에게 물드는 더 연약한 하늘, 밤보다 더 오래 된 검은색들 같은. 내게는 시인 김고요의 그림자가 그러하다. 어떤 물체로 인해 바람도 들지 않고 형체도 없이 연약한 그리고 아주 깊은 검은색. 나는 시인 김고요의 그림자에 위로를 받았다.

4.

김고요 시를 읽고 마지막 메모를 남겼다. '자신을 사랑해서 태어난 슬픔을 사랑하는, 그로 인해 다시 태어난 슬픔을 가진 시인.' 그가 앞으로 어떻게 변할지는 모르지만 이젠 내 슬픔의 바다에 김고요라는 부표가 하나 더 생겼다. 부디 오늘날 슬픔이 미만한 이 시대에 많은 사람들 마음속에도 김고요라는 부표가 띄워졌으면 하는 바람을 가진다.

BYEOL BIT DEUL

별빛들은 기존의 방식과 형식으로부터 자유로우며 독립적으로 활동하는 문학 작가들과 협업, 그들의 작품을 대중들에게 소개하는 문학 출판사입니다.

별빛들은 독립적으로 문학활동하는 작가와의 협업을 통해 '문학'과 '출판'과의 관계를 유연하게 만들고 엄격한 기준과 검열의 과정 없이도 탄생되고 있는 작가의 예술적 가치를 소개하여 문학의 다양화, 출판의 민주화를 유발하려 합니다. 나아가 다양한 영역에서 독립된 자아실현이 이루어지는 우리 사회를 응원합니다.

별빛들　작품선

01	이광호 우화집	숲 광장 사막
02	이학준 수필집	그 시절 나는 강물이었다
03	김고요 시집	나의 외로움을 궁금해하지 않는 사람들에게
04	서현범 시집	마음의 서술어
05	엄지용 시집	나란한 얼굴
06	김경현 산문집	이런 말이 얼마나 위로가 될지는 모르겠지만
07	박혜숙 에세이	잔잔하게 흘러가는 동안에도
08	오수영 산문집	깨지기 쉬운 마음을 위해서
09	최유수 에세이	너는 불투명한 문
10	정다정 소설	이름들

나의 외로움을 궁금해하지 않는 사람들에게

초판 1쇄 발행 2018년 8월 7일
개정판 3쇄 발행 2021년 10월 30일

지은이 김고요
펴낸이 이광호
편집 김고요, 이광호, 최유수
디자인 최유수

펴낸곳 별빛들
출판등록 2016년 8월 10일 제 2016-000022호

이메일 lgh120@naver.com
홈페이지 www.byeolbitdeul.com

ISBN 979-11-89885-90-8
ISBN 979-11-89885-06-9(세트)